Alessandra Jammel

VAI DAR tudo CERTO

1ª edição

2019

Pandorga
NACIONAL

Copyright © Alessandra Jammel, 2019
Todos os direitos reservados
Copyright © 2019 by Editora Pandorga.

Coordenação Editorial
Silvia Vasconcelos
Preparação
Julia Medina
Revisão
Antonio Marcos Rudolf
Projeto gráfico e diagramação
Aline Martins | Sem Serifa
Composição de capa
Aline Martins | Sem Serifa
Ilustrações
Freepik

Texto de acordo com as normas do Novo Acordo Ortográfico da Língua Portuguesa
(Decreto Legislativo n° 54, de 1995)

Dados Internacionais de Catalogação na Publicação (CIP)
Ficha elaborada por Aline Graziele Benitez – CRB-1/3129

J981v   Jammel, Alessandra
1.ed.   Vai dar tudo certo / Alessandra Jammel.
        – 1.ed. – São Paulo: Pandorga, 2019.
        80 p.; 14 × 21 cm.

ISBN 978-85-8442-398-9

1. Literatura brasileira. 2. Literatura infanto-juvenil. 3. Humor. 4. Ficção. I. Título.

CDD 869.93

Índice para catálogo sistemático:
1. *Literatura brasileira: literatura infanto-juvenil*
2. *Humor: ficção*

2019
IMPRESSO NO BRASIL
PRINTED IN BRAZIL
DIREITOS CEDIDOS PARA ESTA EDIÇÃO À
EDITORA PANDORGA
RODOVIA RAPOSO TAVARES, KM 22
GRANJA VIANA — COTIA — SP
Tel. (11) 4612-6404
www.editorapandorga.com.br

Para Eduardo, por ajudar a revelar a minha melhor versão.

AGRADECIMENTOS

Em primeiro lugar, agradeço a Deus por me mostrar o caminho e seguir comigo. Obrigada por todos os livramentos. Muitas vezes senti que estávamos de mãos dadas.

Agradeço também a Arnaldo e Vera, que receberam a difícil missão de serem meus pais. Gratidão por não desistirem e acreditarem em mim quando nem eu mesma acreditava. Obrigada pelos sorrisos e pelas lições. Por favor, sejam eternos. Agradeço à Zilda, minha segunda mãe, pelas orações feitas de onde está.

Meu muito obrigado à família Capparelli Gabriel, que não são irmãos de sangue, mas são irmãos de alma. Tio Álvaro, o senhor foi o responsável pelas melhores gargalhadas da minha vida.

Gratidão aos amigos que fazem parte do meu caminho e me dão colo sempre que eu preciso: Cristina, Eduardo, Aline, Vanessa, Guilherme, Eliana, Letícia, Eliza, Jessika, Renato, Renata Bruzzi, Mônica Patrícia e Débora Miglioli. Quando vocês seguram a minha mão, tudo fica mais fácil. Obrigada pelas palavras de apoio. Agradeço ao casal Marvio e Luana. Vocês tornaram possível minha ida à Disney, onde resgatei a alegria adolescente que estava adormecida em mim. Juliana Caribé, minha amiga e *coach*, sem palavras para expressar o que sinto. Você me incentivou a terminar esse livro, me fez acreditar que daria certo, me falou sobre o meu propósito e me apresentou a um mundo positivo. E nesse mundo positivo estava Silmara Pedretti, uma das pessoas mais dedicadas e comprometidas que eu conheci. Ela me ajudou na concepção da capa do livro digital, com muito amor, sem me conhecer. O que posso dizer? O mundo precisa de mais pessoas como você.

Agradeço aos amiguinhos da escola do meu filho. Vocês não sabiam, mas foram fonte de inspiração. Um agradecimento especial à Mariana de Paula e Yasmin Figueiredo. Nossas conversas sobre Olimpíadas e festa junina me trouxeram a emoção que eu precisava para lembrar de um tempo importante na minha vida.

Luiz Felipe, meu eterno obrigada pelas dicas musicais.

Celsinho Fleming e Pedro Henrique Miglioli, obrigada pelas explicações detalhadas a respeito de diferentes assuntos.

Erika, sua festa de 15 anos foi um marco e me trouxe muitas ideias. Gratidão.

Agradeço também aos meus afilhados Tiago, Beatriz, Valentina e Bianca. Vocês enfeitam os meus dias.

A Lucca, João e Isabela, minha Branca de Neve que passeia pela Tijuca. Conviver com vocês me traz muita alegria e inspiração.

Aos Jammelianos e à Teca, Fernandinho e Luiza. Obrigada pelas conversas renovadoras.

Agradeço ao Gláucio, pela paciência e incentivo. Sua vontade de querer ser melhor me inspira. Agradeço também ao nosso filho, Eduardo, que me ensina todos os dias a ser melhor. Amo sua musicalidade, suas apresentações e sua generosidade. Por favor, pare de crescer.

E, por fim, agradeço a todos que me magoaram, zoaram, duvidaram e não acreditaram em mim. Vocês foram o combustível que eu precisava para seguir em frente.

SUMÁRIO

Prefácio 11

capítulo um

Não há nada tão ruim que não possa piorar. 14

capítulo dois

Relaxa! O tempo é especialista em reviravoltas. 20

capítulo três

Se você pudesse comer as suas próprias palavras, o seu corpo seria nutrido ou envenenado? 26

capítulo quatro

O segredo é se colocar no lugar do outro. Cuidado! Talvez doa. 31

capítulo cinco

Lembre-se: o avião decola contra o vento, não com a ajuda dele. 37 *capítulo seis*

O melhor está por vir.   43

capítuo sete

Se ninguém viu, não aconteceu.   48

capítulo oito

Às vezes, você tem que dizer: que se dane!   52

capítulo nove

Férias: não esqueceram de mim.   59

capítulo dez

Talvez, de tanto dar errado, dê certo.   64

capítulo onze

Tudo vai dar certo no final. Se ainda não deu certo,
é porque ainda não chegou ao final.   68

capítulo doze

Qual é o seu talento?   76

PREFÁCIO

Em 2015, fomos visitar os padrinhos do meu filho na Inglaterra. Combinamos de viajar até Paris e estávamos muito empolgados, já com nossas passagens de trem compradas. Três dias antes de partirmos para a nossa aventura, Paris sofreu um ataque terrorista que deixou dezenas de mortos. Ficamos assustados, ansiosos, com certo medo e rezando pela França. Mas, e quanto aos bilhetes? O que fazer com eles? O padrinho do meu filho, com equilíbrio e sabedoria, começou a repetir "Calma, vai dar tudo certo!". Trocamos as passagens, após muita burocracia, e passamos alguns dias maravilhosos na Holanda. Durante nossa estada na Europa, em diferentes situações, repetimos essa frase que guardo comigo desde então.

Gostaria que alguém tivesse me dito "Vai dar tudo certo!" aos 11 anos, quando muitos me magoaram. Acho que me traria esperança de dias melhores. Na verdade, se pudesse prever o futuro, não teria dado tanta atenção, pois saberia que Deus me reservava valiosas e verdadeiras amizades. E, durante a minha vida amorosa, ouvi-la também seria de grande valia. Teria evitado que eu inundasse o bairro de tanto chorar por pessoas que não valiam a pena.

Acreditem no poder da frase: "Vai dar tudo certo!", por uma única razão: Deus está no comando e Ele só quer o seu bem. Tudo que acontece nos fortalece se encararmos como aprendizado. Somos a soma de nossos momentos difíceis e o resultado de vários recomeços. Confie! Hoje você já é melhor do que ontem. Sabe qual é o sentido da vida? Para frente. Levante a cabeça e siga. As pedras fazem parte do caminho. Junte todas e construa o seu castelo. E o mais importante: divirta-se na trajetória.

capítulo um

NÃO HÁ NADA TÃO RUIM QUE NÃO POSSA PIORAR.

Não me lembro exatamente quando as coisas começaram a dar errado. Mas tenho certeza de que fiz alguma coisa para desencadear dias difíceis.

Pode ter sido quando resolvi ver se o bolo de fubá estava pronto e apoiei as mãos na porta do forno. Bom, não estava pronto e eu ganhei dez bolhas nojentas. Uma em cada dedo.

Pode ter sido ainda quando cortei minha própria franja para parecer com alguém da TV e fiquei igual a uma calopsita. Mas algo me diz que a onda nebulosa começou aos cinco anos, quando quebrei o dente da frente. Nem sei como aconteceu. Era hora do recreio, eu estava correndo no pátio da escola, escorreguei e vi muito sangue no meu uniforme.

O dentista me tranquilizou dizendo que logo, logo, o dente definitivo nasceria. Como "logo, logo" é bem relativo, aguardei exatos dezessete meses até o infeliz nascer. E esse foi o tempo que passei sem sorrir, envergonhada da minha arcada banguela. Vamos combinar que mais de um ano sem rir só pode trazer adversidade.

Coisas do passado. Após longas horas de estudo e mais ou menos trinta e três novenas feitas pela minha mãe, passei em quinto lugar para o Colégio Padre Marcelino Champagnat. O lado ruim de ingressar em uma escola nova é não conhecer ninguém. E esse também é o lado bom. É a chance de um novo começo no qual você pode se reinventar e ser quem você quiser, já que ninguém conhece suas derrotas.

Algumas boas mentiras podem fazer a pessoa ser aceita mais facilmente. Não é nada bonito, eu sei. Mas é perdoável quando se está no grau *master* de insegurança.

Após um corte de cabelo *long bob*, inspirado na Marina Ruy Barbosa, dezoito dias de férias incrivelmente inventadas na Disney e uma mochila rosa da *Kipling*, o que podia dar errado no primeiro dia da minha nova vida? O 6º ano será marcado como o ano da virada.

Olhando rapidamente, percebo que a escola é linda, as meninas têm a cor do verão e todos os garotos têm o mesmo estilo de cabelo.

Mesmo com o coração acelerado, caminho pelos corredores e consigo encontrar a turma C.

Sento na última cadeira da terceira fila porque os primeiros lugares são reservados para os *nerds* sem amigos. Pelo menos é o que eu acho. E tem outra coisa que eu acho: não devia ter vestido a capa da invisibilidade que o Harry Potter me emprestou. Não no primeiro dia de aula. Graças a ela, sorrio para todos e ninguém sorri de volta. Tenho a sensação de que não estão me vendo.

Uma figura estranhíssima entra na sala e se apresenta como professor de Geografia.

— Meu nome é Carlos Maranhão e quando eu fizer a chamada quero que os alunos novos fiquem em pé e se apresentem para a turma — ele diz.

Odeio isso, mas, até chegar na letra M, consigo me acalmar. Inspiro, expiro e... passou mais rápido do que eu esperava!

— Mariana Dieckmann Carneiro!

Levanto rapidamente procurando a capa da invisibilidade que deve ter caído no chão. Estão todos às gargalhadas e já sei o motivo: o Carneiro.

Preciso dizer que Dieckmann é de origem alemã e chique até dizer chega. Já Carneiro está aí para acabar com meu *glamour*. Minha mãe, de descendência germânica, casou com meu pai, dono de dois sobrenomes simples. Ao nascer Mariana, ele escolheu o sobrenome que parecia ser "mais forte" e, agora, sofro fortes zoações.

Para piorar a situação, o professor, indignado, faz um breve discurso sobre respeito ao colega. Deu muito certo. Nas aulas seguintes ninguém mais riu. Apenas entoavam um interminável "mééé" quando o meu nome era chamado.

Os onze dias que se seguiram foram um terror. A mesma brincadeirinha, a mesma zoação. Tinham mais quatro alunos novos na sala que podiam dividir o *bullying* comigo. Mas eles se enturmaram e não estavam nem aí para mim.

Pensei que, por ser uma escola católica, encontraria pessoas com compaixão, incapazes de humilhar qualquer um. Que nada! Era visível o prazer que sentiam em desdenhar. Ninguém era tão bom ali quanto Jesus gostaria que fossem.

O pessoal me escolheu como objeto de chacota e eu parecia estar presa em um desses seriados americanos inspirados em *Todo mundo odeia o Chris*.

Até aquele momento, não havia conversado com ninguém, não havia recebido um sorriso de ninguém e não havia lanchado nenhum dia. Eu era solenemente ignorada, a escola era enorme, tinha medo de me perder e desejava, profundamente, uma companhia para ir à cantina.

Escutei minha mãe falar ao telefone com uma amiga que eu estava triste e tinha emagrecido. Como eu poderia comer? Durante o almoço eu só conseguia pensar que, um pouco mais tarde, pegaria a *van* rumo ao meu maior pesadelo.

Eu havia passado um ano estudando para fazer a prova e ingressar no Colégio Padre Marcelino Champagnat. Minha mãe havia visitado a escola para se informar e voltado com várias fotos. Vi três piscinas, laboratório de Ciências, dois auditórios, igreja, duas quadras esportivas, biblioteca e pátios enormes. A escola era gigantesca e eu me encantei.

O que eu não poderia imaginar é que aquele lugar era igual a Sonserina, a casa dos bruxos maus nos livros do *Harry Potter*. Eu não estava vivendo, estava apenas sobrevivendo.

Na hora do recreio, eu ficava no banheiro. Onde mais eu poderia estar? Os professores trancavam a porta das salas. Se eu ficasse em pé no corredor, seria como segurar uma placa de "excluída". Então, eu tinha mesmo era que me esconder. E, quando o sinal tocava, eu voltava para a sala correndo.

Parei de distribuir sorrisos e de tentar puxar assunto. Quando não ficava no vácuo, recebia respostas grosseiras. O nome disso? Falta de educação.

Mas tudo tem limite. Percebi que não iria aguentar ficar nessa escola mais seis anos, já estava beirando a insanidade. Decidi ter uma conversa com a minha mãe, falar claramente que não voltarei mais para esse lugar porque a morte é mais suave. Em meio a tudo isso, até imaginei meu discurso de despedida:

"Então, caros colegas, declaro que vocês venceram: vou embora. Sou uma garota nota dez. Li todos os livros da série *Diário de um banana*, adoro Taylor Swift e Maroon 5, sei cantar todas as músicas do Justin Bieber, amo *Harry Potter*, adoro a Michele Obama e sei fazer penteados maravilhosos. Mas vocês, esnobes, nunca saberão. Simplesmente porque não vou dar a vocês a oportunidade de me conhecerem. Hoje é meu último dia e quando a aula acabar, às 17 horas, vou embora sem olhar para trás. Desejo que vocês paguem micos incríveis e tirem muitas notas baixas. Prometo falar mal daqui enquanto me lembrar e espero, sinceramente, que vocês sofram."

E, sabendo que aquelas seriam minhas últimas horas no caos, tentei me concentrar na aula de Redação que estava para começar.

capítulo dois

RELAXA! O TEMPO É ESPECIALISTA EM REVIRAVOLTAS.

A professora entrou na sala e se apresentou:
— Me chamo Lorena Blanco e vamos trabalhar muitos textos para que vocês escrevam cada vez melhor. Sou responsável por ensinar redação, ou melhor, contribuir com o texto de vocês porque tenho certeza de que todos escrevem muito bem — disse calmamente.

Quero que tenham em mente que a frase de Shakespeare "Ser ou não ser", para mim, funciona assim: "Ler ou não ser".

Até aquele momento, não havíamos tido aula com a professora de Redação. Nos informaram que ela estava com rubéola.

E, diante do que vi, já estava preparada para estudar as rotas de fuga porque Lorena Blanco era igual a personagem Onze do seriado *Stranger Things*.

Mesmo olhar esquisito, mesmo cabelo curtinho, mesma magreza e mesma palidez.

Olhei em volta e todos estavam assustados, ninguém parecia respirar.

A garota do seriado havia passado por um laboratório e sido submetida a experiências horríveis. E tinha poderes telecinéticos. E essa figura aí? Foi criada em laboratório?

Que escola estranha. A essa altura, já não conseguia ouvir mais nada. A última frase da qual me lembro foi "quem lê, escreve bem". Estava prestes a ter um desmaio quando ela escreveu no quadro "Acontece".

— Esse é o título da redação. Antes que façam qualquer pergunta, explico que "Acontece" pode ser o que vocês quiserem. Usem a imaginação. Essa redação vai nos ajudar nesse primeiro momento. Preciso saber como vocês escrevem.

Não sei o que foi dito antes, mas eram dois tempos da estranha. E já que o cenário era cinematográfico mesmo, me inspirei em *Star Wars* e criei um grupo rebelde que descobre a senha capaz de destruir o maior arsenal de armas já fabricado pelas forças do mal. Eles precisam digitar a senha "Acontece" no painel da Nave Mãe para salvar a galáxia da destruição. Termino de escrever, reviso e fim.

Acho que eu fui a primeira a acabar. Estavam todos concentrados. Olhei em volta e, pela primeira vez, consegui observar a turma e detalhes de alguns dos meus colegas chatos.

Débora Rizzo é a cara da frescura. Tudo que ela tem é rosa: mochila, estojo, lápis e borracha. Parece um morango gigante andando por aí. É extremamente metida.

Marcela Mota deve ter rinite porque tem um nariz meio disforme que ela não para de coçar. Está sempre com coriza e, mesmo com nariz escorrendo, tem um ar de superioridade.

Gregório Ibarra come paçoca todos os dias por volta das 14 horas. Depois de mastigar um pouco, abre a boca mostrando para os amigos uma verdadeira farofa bizarra. A graça, eu ainda não achei. Mas os meninos têm ataques de riso.

Erika Lago tem, com certeza, um pratinho de cocô invisível embaixo do nariz porque está sempre de mau humor e com cara de que está sentindo mau cheiro.

Marco de Paula provavelmente passou as férias na Bahia porque tem muitas fitinhas de Salvador presas no braço. Sinceramente, esse pessoal não tem moral nenhuma para me zoar.

Onze se manifestou e disse:

— Chegamos ao final do primeiro tempo de aula. Chamarei alguns alunos para vir aqui à frente para compartilharem seu texto. Por favor, você de óculos azul.

Escolheu bem. Rafael Cavalcante era o mais bonito da turma. Olhos e cabelos cor de mel. Queimado de praia. Merece parabéns pelo conjunto da obra.

Ele começou a ler e percebi que o texto não tinha nem pé nem cabeça. Muito menos pontuação. A Onze estava mudando de cor. Pelo menos ela ficou menos pálida com a bochecha vermelha.

— Sente-se — ela disse, quase gritando. — Por favor, venha você!

E lá se foi Gregório. Sem comentários. O texto era completamente sem nexo.

— Sente-se. Você, de estojo rosa — continuou Onze.

Era a vez de Débora Rizzo. E o que aconteceu, meus queridos, foi inacreditável: ela caiu no choro.

— Eu não consegui escrever nada — explicou, soluçando.

Ah, quanta satisfação. Ela até babou um pouco enquanto falava em meio as lágrimas. É isso que te desejo, metida: choro e baba.

— Vá lavar seu rosto no banheiro — esbravejou a Onze. — Por favor, venha você.

Ela apontou para Amanda Lee, que tem cara de intelectual. E realmente é só a cara porque o texto tinha tantos erros de concordância que Onze enterrou o rosto nas mãos.

Bom, a bomba foi detonada e disseminada. Vários alunos foram chamados dando prosseguimento a um show bizarro. Até que aconteceu o que eu temia. Eu fui chamada.

— Você, de arco no cabelo! — ela disse, já com voz cansada e sentada de qualquer jeito na cadeira.

Talvez tivesse sido melhor fingir um desmaio, mas levantei mesmo assim. Segui com a cabeça baixa e parei do lado da Onze. Só conseguia pensar que talvez ela não entendesse nada de ficção científica. Então comecei.

Li a minha aventura com direito a naves e robôs de última geração. E até citei o mestre Yoda, que eu adoro. Assim que terminei, ela perguntou:

— Qual é o seu nome?

E, pela primeira vez, diante de vinte e quatro alunos, tive a oportunidade de dizer:

— Eu me chamo Mariana Dieckmann.

— Das treze pessoas que vieram aqui na frente, somente a Dieckmann conseguiu escrever um texto coerente e criativo. Senhoras e senhores, isso é um texto! Espero que tenham prestado atenção. Eu iria propor à coordenação que esta turma não fosse ao pátio por um período longo e passasse os trinta minutos de recreio na biblioteca. Mas isso seria improdutivo. O fato é que passei mal com o texto de vocês e não sei como chegaram ao 6º ano. Estou com enxaqueca.

E ela continuou:

— Mas ouvir a Dieckmann me acalmou. Falarei com a coordenação. Precisamos elaborar um planejamento para que vocês leiam mais e tentem escrever algo que faça sentido. Pode sentar-se — finalizou, olhando séria para mim.

O detalhe é que Lorena Blanco só me chamou pelo sobrenome. Amei! Mas apesar disso, continuarei a chamá-la de Onze.

O clima ficou péssimo. Eu deveria ter ficado feliz, mas me sentia estranha porque ela foi muito dura. Quando sentei, o Gregório me deu um sorriso. Incrível como os garotos são mais legais que as meninas. Eles não têm aquela invejinha ridícula e não ligam para cabelo, nem para sapato. Eles só querem se divertir. Apenas são bobos. Diferente das meninas, que são chatas. Se tiver que escolher entre os bobos e os chatos, fico com os bobos, claro!

O sinal tocou. Era o fim da aula, fim do dia, fim do meu sofrimento. Saí correndo e entrei rápido na *van*. Apenas desejava chegar logo em casa para conversar com a minha mãe e discutir sobre para qual escola ir.

capítulo três

SE VOCÊ PUDESSE COMER AS SUAS PRÓPRIAS PALAVRAS, O SEU CORPO SERIA NUTRIDO OU ENVENENADO?

Início da semana. Lembram que eu mudaria de colégio? Surpresa! Continuo aqui porque mãe é um negócio para deixar qualquer um louco. E a minha fez um discurso sobre dar tempo ao tempo e esperar pelo menos um mês para ter certeza de que não me adaptaria à escola. O que me restou?

Aguardar com disciplina no local, dando graças a Deus por existir Carnaval para tornar o mês mais curto. "Desânimo sem fim" era meu nome no início do primeiro tempo.

Sofia Tenra, professora de inglês, mal iniciou a aula, quando foi interrompida por um senhor vestido de branco ao lado de uma menina.

— Boa tarde. Meu nome é Gabriel e hoje é o primeiro dia da minha filha. O nome dela é Valentina Fiori — disse, com a mão no ombro da menina.

— Seja bem-vinda, Valentina — disse a professora. — Sr. Gabriel, ela está entregue.

Pude ouvir os risinhos e o "ti, ti, ti" se espalhar pela sala. Já sabia o motivo. A garota começou mal. Levada pelo pai e com duas semanas de atraso.

Valentina procurava um lugar para sentar. Ela tem cara de gente boa. Amanda olhou para mim e sussurrou:

— Garota toda errada, né?

Oi? Ela falou mesmo comigo? E quando eu estava me refazendo do susto, Débora me chama:

— Dieckmann, essa precisou do papai para achar a sala. Olha o brinco dela, parece *hippie*. Ridículo — disse, caindo na risada.

Naquele momento, descobri uma coisa: As meninas precisam de alguém para chatear. Sempre. E esse posto acabava de ser deixado por mim para pertencer à Valentina, nova candidata à infelicidade da turma C.

Tive vontade de falar que ela deveria sair correndo, mas confesso que o alívio tomou conta de mim. Logo quando sentou, a garota deixou o estojo cair. E era um estojo de lata! Fez o maior barulhão.

Eu queria poder falar ou fazer alguma coisa, dar um toque. Dizer algo como "fique na sua, se mexa pouco e respire o menos possível". Queria explicar que não entendia o que aquele pessoal tinha na cabeça e que ela precisava se esforçar para não deixar nada cair no chão.

O fato é que Valentina era estabanada e, para piorar, quando a professora ditava algo, ela copiava no caderno com a boca aberta. Isso mesmo! Não fechava a boca enquanto escrevia.

Quando a aula terminou, eu não sabia o que havia sido dado. Passei cinquenta minutos analisando a aluna nova. Tenho que parar com essa mania de observar os outros e esquecer a vida.

Valentina olhou para Marcela e perguntou:

— Tem cantina aqui?

Amanda apressou-se para responder:

— Mas que pergunta idiota!

Eu me meti:

— A cantina é nesse corredor, em frente à quadra.

Ela agradeceu com um sorriso.

— Dieckmann, vamos tomar um sorvete. Hoje está muito quente — disse Débora, levantando-se e sendo seguida por Amanda e Marcela. Fui atrás delas.

Deixe-me esclarecer uma coisa: eu não devia falar com essas garotas. Elas me humilharam e, de repente, começaram a conversar comigo como se nada tivesse acontecido. A única razão para eu ter aceito o convite para ir à cantina, é porque eu estou presa no ensino fundamental e isso já é estressante o suficiente para a vida de uma pessoa.

O assunto girou em torno da aluna nova. Amanda comentou que ela parecia saída de uma nave espacial e Marcela completou:

— Viu aquele brinco? É uma concha. Que estilo é aquele? Estilo brega?

Só escutei e nada respondi. Elas devem ter falado o mesmo de mim. E Valentina era uma gracinha, lembrava aquelas capas de caderno da Sarah Kay que trazia meninas de cabelos enrolados e ar tranquilo.

E, o que aconteceu durante a semana, vocês não acreditariam se vissem. Foi o maior *bullying* de todos os tempos. Apelidaram a garota de "boca mole" e fizeram uma música porque cismaram que ela era descabelada. Ora, quem tem cabelo cacheado e um pouco mais curto sabe que o cacho tem vontade própria e, em determinados dias, fica rebelde querendo aparecer. Mas daí fazer música dizendo que a garota parecia um caroço de manga chupado? É o cúmulo. Eu não resistiria a tanto.

Mas o pessoal era criativo, tenho que admitir.

Cheguei à conclusão de que Valentina merecia meu respeito simplesmente porque não se abalou, não mudou nada e continuou indo com os brincos *hippies*.

E quanto a mim? Estava enturmada com um monte de idiotas que passavam os fins de semana no Club Med. Eu, como só conhecia o Tijuca Tênis Clube e o Montana, descobri pela internet que o Club Med não ficava em nosso bairro. Ficava em Angra dos Reis. E também em Itaparica, Alpes e Trancoso. Só lugar chique. Com um detalhe: as diárias eram mais caras que a mensalidade da nossa escola.

Quando a sexta-feira chegou, senti necessidade de fazer uma boa ação. Parei perto de Valentina e disse:

— Olha, para estar nessa escola, você tem que ser um pouco diferente. Não dá para usar estojo de lata e mochila colorida. Por um acaso, você é *hippie*?

— Não — ela respondeu tranquilamente enquanto tirava o material da mochila. — Mas gosto de algumas coisas da feirinha hippie de Cabo Frio. Comprei essa mochila lá, de um chileno.

Bem, depois disso, resolvi sentar. Acho que essa não vai ter muito jeito. Mas sei que ela prestou atenção, já que ouviu tudo com a boca aberta e, pelo que pude perceber, esse é o sinal de que ela estava concentrada. Talvez Valentina apareça melhor na segunda-feira.

capítulo quatro

O SEGREDO É SE COLOCAR NO LUGAR DO OUTRO. CUIDADO! TALVEZ DOA.

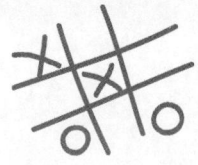

Segunda-feira. Adivinhem! Valentina conseguiu piorar a situação e foi com um brinco ainda mais esquisito. Resolvi me aproximar e perguntar:

— Você não entendeu nada do que eu te expliquei, não foi?

— Entendi tudo — ela respondeu, com a voz calma. — Olha esse brinco. Não é *hippie*, é de zircônia.

— Mas que raio é zircônia? — Perguntei.

— Uma pedra! Na verdade, uma pedra sintética, já que ela é produzida em laboratório.

Olhei para ela surpresa.

—Eu desisto — disse, me virando e indo para o meu lugar.

A aula de Matemática começou. Paulo Wanderley era o professor da matéria que eu mais odiava na vida.

Tenho uma enorme admiração por todos que dominam algo que, para mim, pode ser classificado como filme de terror. O professor era gente boa e sempre iniciava a aula conversando coisas sobre natureza, talvez para quebrar o clima tenso. Para mim, era a melhor parte da aula. Adorei, por exemplo, saber que os cisnes são monogâmicos e que o tempo de gestação da girafa é de 425 dias.

Depois de dois tempos de terror, o intervalo trouxe aos desesperados uma pausa merecida.

Algumas garotas da sala vieram conversar comigo sobre as novas cores de mochila da Kipling. Elas adoravam conversar sobre marca. Sinceramente, eu acho isso a coisa mais estúpida que inventaram. Mas se querem conversar, vamos lá.

Eu tenho o dom natural de falar calmamente sobre coisas das quais não tenho muita noção. Uso respostas que cabem em qualquer assunto: "é isso aí", "pode ser", "pensando por esse lado", "também acho". Expressões desse tipo. Fica a dica.

Finalmente eu passei a ser a colega nova da sala e, para a minha alegria, existiam quatro turmas do 6° ano. Em todas, havia uma Mariana. Então, passaram a me chamar de Dieckmann.

E a semana seguiu com Valentina sendo a atriz principal de um show bizarro do qual, um dia, eu fiz parte. Quando ela estava copiando alguma coisa do quadro com a boca aberta, sempre havia um burburinho. E, de repente, todos começavam a imitá-la, abrindo a boca.

O que mais me chamava atenção é que ela não ligava. Agia como queria, usava a mochila que gostava e ia cada dia com um brinco diferente. Tem que parar e bater palma para uma garota dessas.

No dia da aula de educação física, fomos para o ginásio enquanto os meninos foram para o pátio. O professor determinou quem seriam as capitãs e pediu que elas escolhessem o time para uma partida de handebol. Amanda e Erika foram as escolhidas. Fui escalada para o time da Amanda, o que me pareceu um bom sinal. Duas meninas sobraram: Valentina e Vanessa.

Vanessa? Não tinha notado que essa garota era da minha sala. Valentina ficou no meu time. Quando a partida começou, pude demonstrar toda a minha pouca destreza e logo me destaquei como a pior jogadora. Simplesmente não conseguia pegar nenhuma bola que passavam para mim e percebi que as meninas estavam irritadas. Tive um ataque de riso e disse em alto e bom som:

— Eu sou muito ruim!

E Valentina respondeu, rindo também:

— Não, você é péssima!

O ataque de riso contagiou os dois times e o professor encerrou o jogo também às gargalhadas. Às vezes é bom não se levar tão a sério.

Cinquenta minutos depois estávamos subindo a escada rumo à sala e percebi uma confusão. Valentina estava caída e gritando de dor. Havia muito sangue na perna dela. O professor a pegou no colo e correu para a enfermaria. Fomos conduzidos à sala pelo inspetor do recreio.

— Foi de propósito, alguém empurrou essa garota — sussurou Vanessa.

Conheço o risinho que antecede a maldade deles e fico com medo de ser eu o alvo.

— Já fizeram algo com você? — perguntei.

— Me chamam de Vanessa Orca. Tá bom pra você?

Confesso que enrolei os neurônios.

— Ainda não tinha te visto na sala. Por que te chamam assim?

— Eu sou a última sentada na última fileira, bem perto da parede. Eu me escondo. Meu sobrenome é Orta, mas me chamam de Orca por causa de um filme antigo onde a baleia tinha esse nome. Eu tenho seios grandes. Por isso a zoação. Minha mãe disse que à medida que eu for crescendo, vai tudo se ajeitar. E que corpo de menina é assim mesmo. Enquanto isso não acontece, rezo para sumir.

— Sei bem como é isso — respondi.

Depois da aula de Geografia, houve um intervalo e desci até a enfermaria. Valentina estava com um curativo na perna e sentada na maca. A enfermeira responsável me deixou entrar.

— O que houve? — perguntei.

— Não sei até agora — ela disse, tranquilamente. — Alguém me empurrou e eu bati com esse osso da perna no degrau da escada. Cortou a pele. Meu pai é médico e está vindo me pegar. Acho que vou levar uns pontos.

— Provavelmente — se meteu a enfermeira. — Sua amiga pode te ligar para passar o que foi dado em sala porque você vai para casa mais cedo. Vocês têm o número uma da outra?

Saí da enfermaria com o telefone da Valentina anotado em um pedaço de papel. O que mais me revoltou é que só eu e Vanessa parecíamos estar chateadas com o ocorrido.

No dia seguinte, Valentina não foi para a escola. O seu número estava na minha mochila e talvez eu ligasse para ela à noite. O fato é que evitei conversar com qualquer pessoa e fui à cantina sozinha.

Nem me dei conta de que já estávamos na sexta-feira. Esse dia amado por todos passou a ser odiado, graças à aula de Redação. A Onze entrou na sala com ar de suspense. Ela começou a distribuir uma circular para ser assinada pelos pais. Havia ali uma proposta de estudos com o objetivo de melhorar os textos. Muitos livros foram indicados e os meus preferidos estavam lá: *Dom Casmurro*, *Pollyanna* e *Pollyanna moça*. Ela explicou que a turma deveria se dividir em grupos de cinco. Cada grupo ficaria responsável por resumir um livro, que seria sorteado, e apresentar para os outros colegas da turma. Receberíamos uma nota pela apresentação, mas também haveria uma nota individual, pois cada um faria uma redação sobre o tema do livro. Foi uma tremenda confusão assim que ela terminou a explicação e pediu que formássemos os grupos. Todos gesticulavam para mim, querendo trabalhar comigo. Medíocres interesseiros.

Levantei e fui à mesa da professora. Expliquei o que tinha acontecido à Valentina, disse que ligaria para ela e gostaria que ficássemos no mesmo grupo. Com um olhar de paranormal e um sorriso discreto no rosto, ela respondeu:

— Vá em frente, garota.

Voltei para o meu lugar e fiz sinal para Vanessa, perguntando se ela gostaria de fazer o trabalho comigo. Ela apenas sorriu. Coitada, tinha medo até de se mexer. Então, já éramos três. E como todos queriam ficar comigo, resolvi chamar dois garotos bonitos porque uma boa paisagem sempre deixa a vida mais alegre. Convidei o Marco e depois o Rafael. O fato desse último ser lindo foi um detalhe que me deixou feliz, confesso. Fomos sorteados com *Pollyanna*. Às 17 horas, quando o sinal tocou, corri para a *van*. Queria logo chegar em casa. Tinha uma ligação importante para fazer.

capítulo cinco

LEMBRE-SE: O AVIÃO DECOLA CONTRA O VENTO, NÃO COM A AJUDA DELE.

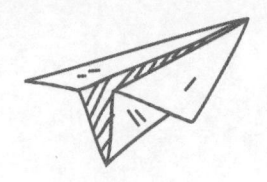

Já estava quase desligando o telefone quando uma moça atendeu e me pediu para aguardar porque Valentina estava no segundo andar da casa. Nossa conversa durou pouco tempo, mas combinamos que eu iria até lá no dia seguinte, para levar a matéria que ela havia perdido.

Na tarde de sábado, cheguei à rua Carmela Dutra, depois de combinar com minha mãe que ligaria na hora que quisesse ir embora.

A casa era enorme e Valentina me recebeu com um sorriso, apesar do curativo na perna.

— Entra, minha irmã mais velha está tocando piano. Vou te apresentar.

Seguimos para a sala.

— Bianca, essa é a Mariana — disse.

Vale dizer que, apesar de tocar lindamente, a música era meio triste e sinistra. Deu um medinho.

— Muito prazer — disse Bianca, sorrindo de modo formal.

Para tudo! Que pessoa de 14 anos diz "muito prazer"?

Respondi como a minha mãe:

— Igualmente.

Valentina me puxou e não pude deixar de comentar:

— Essa sua irmã é muito séria.

— Você achou? Vou te apresentar à mais nova. Ela é completamente diferente, respondeu.

E fui apresentada à Beatriz, que me empurrou em cima de um sofá e sentou no meu colo.

— Você é da sala da minha irmã? Posso fazer um penteado no seu cabelo? Qual é o seu nome?

Que gracinha, pensei. E antes que eu pudesse responder qualquer uma das perguntas que ela me fez, a mãe delas apareceu.

— Oi, você deve ser a Mariana. Eu sou a Áurea, mãe das meninas.

— Oi, tia. Fiquei muito chateada com o que aconteceu na escola com a sua filha.

— Tudo bem — ela disse, gesticulando como se falasse "deixa para lá". — Mar calmo nunca fez bom marinheiro. Já ouviu essa frase? Fique à vontade. — E saiu.

Bom, nunca tinha ouvido. Mas a frase ficou na minha cabeça por um longo tempo. Depois disso, conversamos sobre a escola, as matérias, as pessoas e sobre nossas vidas. Ah, já ia me esquecendo: ganhei um coque lindíssimo feito pelas mãos habilidosas de Beatriz.

Descobri que dona Áurea era professora da rede Municipal e a família tinha descendência italiana. Todos eram muito alegres, inclusive o pai, Gabriel, que chegou mais tarde porque trabalhava aos sábados. Ele era pediatra.

Caí nas graças da irmã mais velha quando, durante o lanche, ela descobriu que eu amava seriados e também assistia a *The Flash*. Contei detalhadamente os três episódios que ela havia perdido. Não demorou muito e logo nos tornamos amigas.

Saí de lá me sentindo bem e entendi porque aquela garota não estava nem aí para as besteiradas da escola: ela era bem resolvida e não gostava de drama.

Na segunda-feira, a única a perguntar para Valentina como ela estava foi a Vanessa. Mas tudo bem, só desejava que a semana fosse leve. Nossa primeira aula era de música. Estava distraída seguindo para a sala acústica quando ouvi a Erika perguntar para Valentina como estava a perna. E eu quase morri quando ela respondeu que já não doía tanto, mas nessas horas sempre sentia falta do abraço da mãe, já que era órfã. Houve um reboliço quando descobriram, ali, no corredor, que ela não tinha mãe.

Tive vontade de rir. Valentina deu um golpe de mestre, comover para que a deixassem em paz. E eu vou julgar? Claro que não! E querem saber? Deu certo. Já de volta para a sala, não resisti e falei baixinho:

— Disfarça, matou a mãe.

Ela deu um risinho e quando ia abrir a boca para responder, Onze entrou na sala para lembrar que os grupos começariam a trabalhar juntos no dia seguinte. Todos estavam com ar preocupado. Eu não. Já tinha percebido que uma das integrantes do meu grupo era bastante criativa.

Recebemos autorização para entrar mais cedo na escola. A professora deixou nossos nomes na secretaria. A ordem era ir direto para a biblioteca discutir sobre o livro. Só posso dizer que foi divertido.

Descobri que Marco, apesar das fitinhas de Salvador, era carioca. Viajava duas vezes por ano para Porto Seguro porque os pais adoravam o lugar.

Rafael tinha um irmão mais velho que namorava uma garota com cabelo pintado de azul e *piercing* na língua.

Vanessa havia perdido o pai em um acidente de carro, morava com a mãe e todos os anos passava o Carnaval na Bahia. Ela e Marco engrenaram um papo que não tinha fim.

Confesso que, em nossos encontros, tínhamos 20 minutos de conversa e 10 debatendo sobre o livro. Quando percebemos, o dia da apresentação estava perto. Marco não parava de dizer que a história era para meninas e Rafael achou o texto tão chato, que não conseguia chegar ao final.

Foi quando Vanessa teve a ideia de nos dividirmos. Estávamos muito atrasados. Combinamos que eu faria o resumo sozinha e elas debateriam a história com os meninos para que todos se saíssem bem na apresentação. Por fim, cada um faria a sua redação, já que a nota dessa última etapa era individual.

Fiz um resumo que ficou ótimo. Valentina e Vanessa também fizeram um trabalho excelente debatendo com os garotos a ideia central da história: o otimismo. Rafael leu para nós a redação que escreveu. E sabem da maior? Ficou linda.

O problema ficou por conta do Marco. Na véspera da apresentação e da entrega da redação, ele surtou. Ligou para a minha casa desesperado. Sim, o grupo trocou telefones e foi ideia minha.

Acho que ele estava até chorando, com a voz trêmula porque não conseguia redigir uma linha. Eu fiz a única coisa que podia: escrevi para ele e ditei o texto cinquenta minutos depois, pelo telefone. Sufoco total.

— Marco, ninguém precisa saber o que houve hoje — disse calmamente.

— Certo — respondeu ele.

No dia seguinte, as apresentações foram ótimas. Pelo menos a Onze pareceu calma enquanto ouvia os resumos.

O único grupo a ter problemas foi o que faria a apresentação sobre Dom Casmurro. Simplesmente, o grupo se desentendeu e o resumo ficou um horror. Porém, eles foram humildes e contaram o que aconteceu para a professora na frente da turma. A Onze estava de bom humor e propôs dar mais uma semana para eles elaborarem melhor as ideias.

No fim da aula, Clara Reis veio falar comigo. Nunca tínhamos conversado, mas ela tinha cara de gente boa. Com um arco rosa contrastando com o cabelo louro, abriu um sorriso largo e disse:

— Precisamos da sua ajuda. Nosso grupo não está se falando e tudo está dando errado. A culpa é da Capitu. Ela traiu ou não o Bentinho?

— Espera um pouco, vocês brigaram por causa do livro?

— Ridículo, não é? Cada um tem uma opinião e a chapa acabou ficando quente. Você já leu esse livro?

— Já. E o final é subjetivo. Fica a critério de cada um julgar se houve ou não traição. Na primeira vez que li, achei que Capitu fosse inocente. Na segunda vez, já fiquei na dúvida.

— Você leu esse livro duas vezes? Acho que vou vomitar. Enfim, será que pode ajudar o nosso grupo?

Parei por uns instantes. Por que eu faria isso? Na hora de zoar, todos riram de mim. E quando eu abri a boca para dar um fora, mudei de ideia. Era melhor me livrar daquele rancor. Além do mais, ela dividia comigo o amor pelos arcos cor-de-rosa.

— Ok, eu ajudo vocês.

capítulo seis

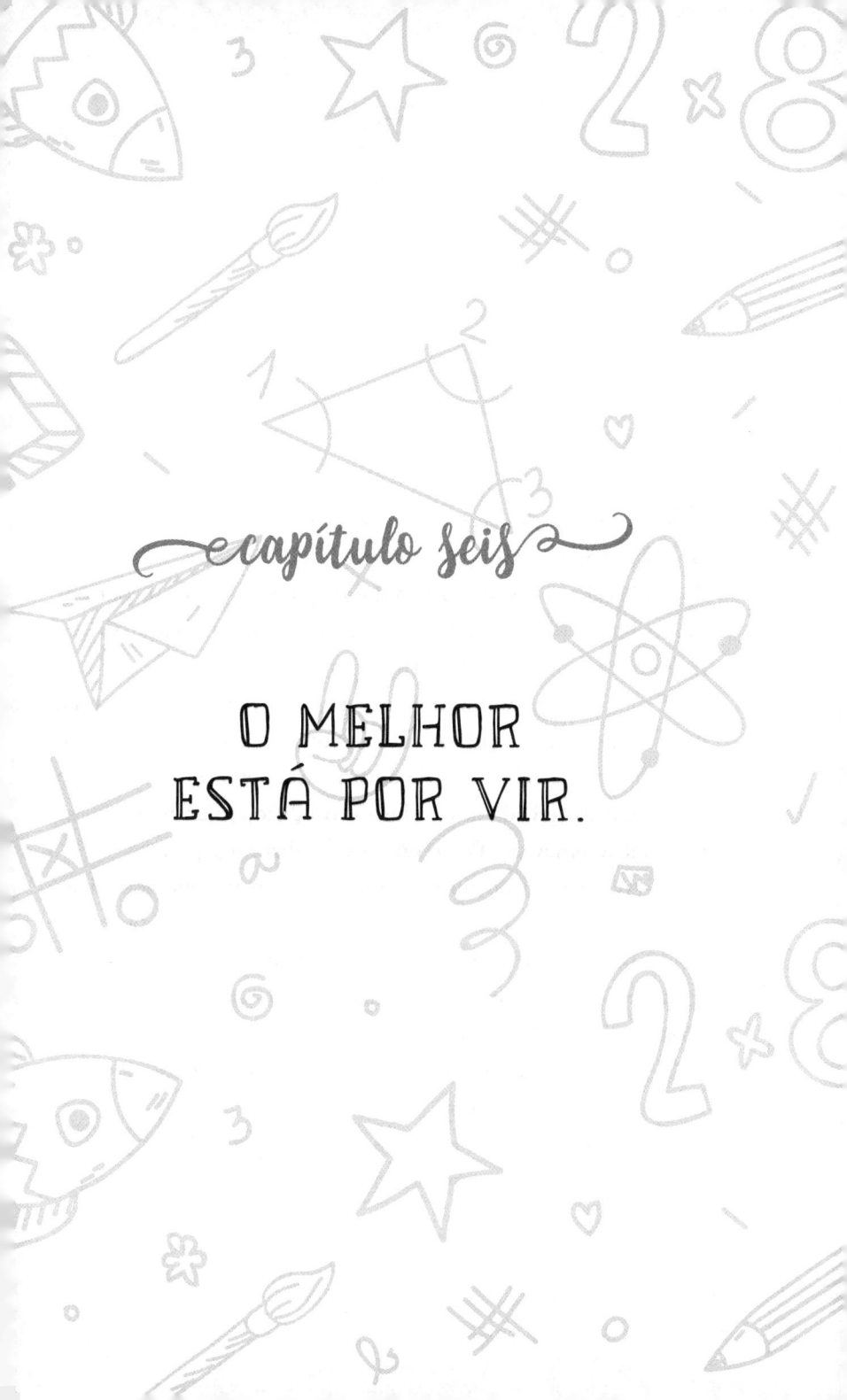

O MELHOR ESTÁ POR VIR.

Na segunda, entrei na biblioteca cheia de boa vontade e dei de cara com um grupo que não se falava. A Clara não era de briga, muito pelo contrário, era da turma do "deixa disso". Mas o resto do grupo era composto por enjoadinhas: Marcela, Erika, Amanda e Helena, essa última trabalhada em unhas de acrigel.

Expliquei que o final do livro era subjetivo e que cada uma delas poderia construir a sua interpretação sobre a história. Ressaltei que a subjetividade deveria estar presente no resumo e na redação de cada uma. Mas estava difícil falar com garotas que mal se olhavam. Foi aí que resolvi dizer o seguinte:

— As coisas estão ruins entre vocês, mas podem piorar bastante com uma nota baixa. Que tal darem menos importância ao Bentinho, que não passa de um ciumento de primeira grandeza?

Clara explodiu numa gargalhada e não parou mais. Era das minhas, tinha crise de riso. Depois disso, o clima melhorou. Dou o maior valor para essas crises de riso. Acho que elas poderiam resolver grandes conflitos.

Quando a sexta-feira chegou, elas estavam nervosas, mas o resumo ficou ótimo e a apresentação foi a melhor da sala, porque a contradição contida no texto deixou muita gente na dúvida sobre a traição de Capitu. Acabou rolando até um debate. A Onze terminou a aula dizendo que estava surpresa com o esforço da turma.

E quanto a mim? Bem, não recebi nenhum "muito obrigada" verbal. Mas percebi que estavam agradecidos quando o nosso professor de História pegou conjuntivite e foi substituído por outra professora, Jessica Martins. Na hora da chamada, ela disse em alto e bom som:

— Mariana Carneiro!

A mim, só restava levantar a mão e aguentar o tranco. Mas o tranco não veio. Naquele dia percebi que existem várias formas de agradecer. Suspirei aliviada. Algum tempo depois, caí de vez nas graças dos garotos quando me peguei rindo da farofa de paçoca que Gregório fazia.

Comecei a passar o recreio com Valentina e Vanessa. As crises de bobeira e as conversas engraçadas se tornaram diárias e, finalmente, eu estava me divertindo.

Um dia, enquanto estava distraída arrumando a mochila para ir embora, Rafael me entregou um convite.

— Faço aniversário na semana que vem e vou dar uma festa no condomínio da minha avó, na Barra da Tijuca. Só convidei os meninos, mas gostaria que você fosse — ele disse.

— Mas como vou ficar sozinha lá, sendo a única menina?

— Vou chamar a Valentina e a Vanessa também. Só vocês — sorriu.

— Então eu vou — disse empolgada.

Para tudo! Me senti indicada ao Oscar! Quanta honra, estava até emocionada. Nem preciso dizer que eu, Valentina e Vanessa passamos a semana falando sobre esse assunto.

E quando o grande dia chegou, meu pai nos deixou no condomínio Parque das Rosas. Quando entramos no salão, a mãe do Rafael nos recebeu com um ar de surpresa.

— Olá, eu sou a Lucia. Rafael disse que havia convidado três amigas. Muito prazer em conhecer vocês.

Entendi o ar de surpresa dela. Dona Lucia esperava que as três garotas convidadas fossem lindas e perfeitas o suficiente para merecerem um convite para a festa só de meninos do filho dela. Mas éramos apenas nós.

Rafael veio nos receber com o maior sorriso. Estavam todos os garotos lá, inclusive das outras turmas. Ele nos levou para sentar à mesa com Marco. E foi quando eu conheci Eduardo Capparelli. Era da turma D e, basicamente, um deus grego. Ruivo, olhos cor de mel, topete no cabelo, sorriso largo e cheiroso. Depois das apresentações, ele foi logo dizendo:

— Muito legal você fazer a redação para o Marco.

Era a deixa para eu sentar ao lado dele. Me joguei rapidinho na cadeira enquanto dizia:

— Ninguém deveria saber sobre isso!

— E você falou isso para ele? Todos sabem!

E a conversa aconteceu naturalmente entre nós. Posso dizer que, naquela festa só para garotos, graças ao Marco, tive meus minutos de fama.

Os crepes que foram servidos na festa estavam maravilhosos. Sim, era rodízio de crepe e eu comi seis. Quatro salgados e dois doces. E os meninos não fizeram nenhum comentário sobre o meu amor aos crepes, nem quando eu derrubei chocolate na blusa. Isso porque a maioria estava com a blusa suja de algum recheio também. Um tal de Felipe Maia, da turma B, até derrubou guaraná nele mesmo. Como é bom o universo masculino, totalmente sem frescura.

Todos começaram a falar sobre como a professora de Redação parecia ter saído do seriado *Stranger Things*. Foi demais. Falamos também sobre os heróis da *Marvel* e da *DC Comics*, sobre *Star Wars*, Justin Bieber e o *Rock'n Rio*. Foi com alegria que descobri que meu ataque de riso pegava neles com facilidade.

Só me enrolei um pouco quando entraram no assunto futebol. O Eduardo pegou um guardanapo e arranjou uma caneta para me explicar o que era impedimento. Fingi que entendi, mas fiquei mesmo sentindo aquele cheiro gostoso de perfume enquanto ele desenhava goleiro e jogador, concentrado.

Confesso que até esquecia, em determinados momentos, da Vanessa e da Valentina. Mas sempre que olhava para elas, estavam às gargalhadas. E para completar a minha felicidade, o bolo era de marshmallow com jujuba.

~ capítuo sete ~

SE NINGUÉM VIU, NÃO ACONTECEU.

Como nem só de glórias vive uma boa aluna de Redação, a semana que se seguiu foi marcada pela prova de Matemática. Tenho que explicar que nunca me simpatizei com a matéria. E, um dia, a falta de simpatia virou dificuldade. Foi detectada no ano passado, quando peguei uma prova e descobri que só sabia responder três coisas: meu nome, a data e a série. Minha mãe contratou uma professora particular chamada Maria do Céu para me ajudar. Eu achei ótimo porque só Jesus e sua equipe seriam capazes de colocar essa matéria na minha cabeça.

Não entendia nada de frações, odiava medida de porcentagem, MMC, MDC, equações, medida de comprimento e tudo que tivesse número. Era mais forte que eu.

Contudo, eu era uma aluna esforçada, tão esforçada que tirei 5,6 na primeira prova sem ter a menor noção do que era aquilo tudo, no melhor estilo "onde estou, quem sou eu?".

Meu ódio, mais tarde viria a descobrir, aumentaria no dia em que me mandassem achar o x. E depois o y.

Percebendo a minha dificuldade, Gregório disse que um aluno da turma D, Gláucio Tong, iria à casa dele, sábado, dar um aulão. E me convidou.

Achei tão gentil da parte dele que aceitei. Na sexta, Gregório me avisou que a aula não seria mais na casa dele e sim, na casa do Tong. E quando eu ia dizer que ficaria com vergonha de ir, ele emendou:

— Já avisei que você vai. Por ele, tudo bem.

Me senti agradecida. As aulas da Maria do Céu não eram baratas. E sempre que a minha nota chegava, minha mãe olhava com cuidado e dizia:

— Onde estou errando?

Mas quem errava era eu. Sempre. Na maioria das vezes, metade da prova.

Chinês é um povo inteligente. Eles tomam muito chá, meditam e têm vida longa. Na China tem idoso de 104 anos. Quem sabe esse Gláucio não conseguiria colocar Matemática na minha cabeça?

E foi assim que fui parar na Rua Homem de Melo diante de Gregório, Rafael, Alexandre e Pedro Henrique, colegas da outra sala. Gregório foi logo me apresentando ao Gláucio. Resolvi fazer cara de figurante de novela porque estava morrendo de vergonha. Logo, a mãe do Gláucio entrou na sala. Adivinhem o nome dela? Na Li. Cruzes!

Ela se apresentou, disse que mais tarde serviria um lanche e nos ofereceu um chá. Nem sei o motivo, mas aceitei. E me dei muito mal porque a bebida era intragável.

A aula começou e depois de uma hora e alguns exercícios, entendi tudo. Pelo menos foi o que achei. Porque quando se trata de matemática sempre que eu acho que entendi, eu entendi de verdade, só que tudo errado.

Quando o lanche chegou, começamos a conversar entre pastéis e mini cachorros-quentes. Gláucio viajava sempre para a China, falava mandarim fluentemente e sabia tocar violão, guitarra e pandeiro.

Não sei como fomos parar nesse assunto, mas começamos a conversar sobre brincadeiras antigas e Alexandre propôs uma homenagem aos velhos tempos: uma partida de esconde-esconde. Gláucio iria contar até vinte e nos procurar. Posso viver cem anos, mas nunca vou me esquecer desse dia. Tive a brilhante ideia de me esconder no banheiro e, quando entrei, dei de cara com uma banheira enorme. Fechou, pensei. E lá, deitei. Mesmo que o Gláucio abrisse a porta para olhar dentro do banheiro, jamais iria olhar dentro da banheira.

Esperta eu, não é? Estava até relaxando quando ouvi a porta abrir e a voz da Na Li cantarolando em chinês. Pelo que pude perceber, ela estava com gases e se preparando para fazer o número dois.

Sem palavras para definir o que senti. Não podia sair dali porque iria me deparar com uma chinesa sentada no vaso sanitário. A única alternativa era ficar quieta e sair depois que tudo terminasse. Resolvi rezar para ela não inventar de tomar banho.

Eu não sabia que podiam sair, de uma pessoa tão magrinha, coisas tão barulhentas e fedidas. Fiquei ali uns trinta minutos. Foi barra. Ouvir a descarga foi música para os meus ouvidos. Depois de lavar as mãos, Na Li acendeu um fósforo para tirar o odor do local. Só uma fogueira seria capaz de espantar aquele cheiro.

Quando tudo terminou e eu consegui sair, estava exausta. Os meninos me olharam intrigados.

— Onde você estava? — perguntou Pedro Henrique.

— Na varanda — respondi. Aquilo foi a primeira coisa que me veio à cabeça.

— O único lugar que não procurei porque estava muito quente lá, com um sol forte. Você ganhou! — disse Gláucio.

Sem comentários.

capítulo oito

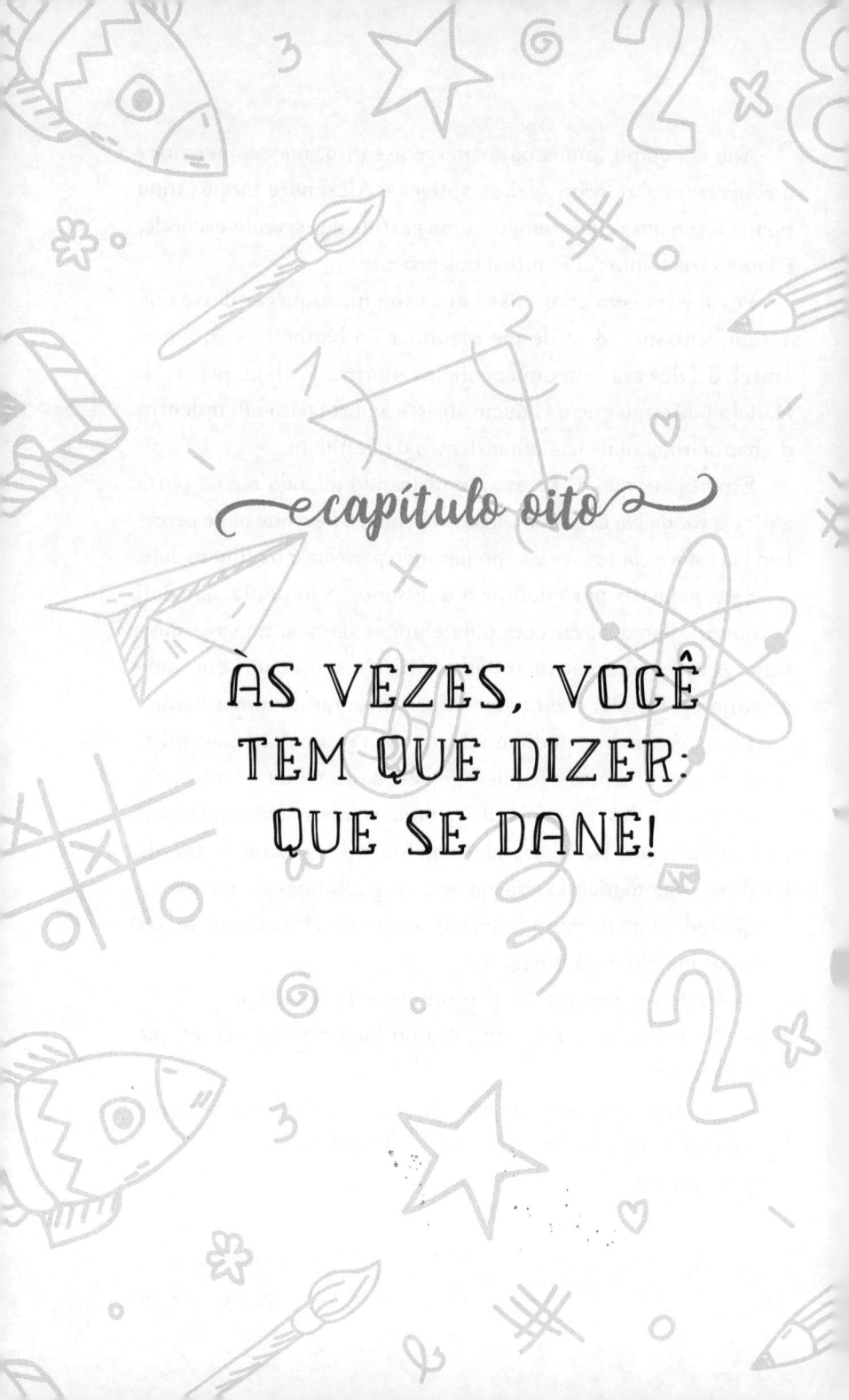

ÀS VEZES, VOCÊ TEM QUE DIZER: QUE SE DANE!

Ganhar a simpatia dos meninos facilitou muito a minha vida e me deu coragem para ser eu mesma. Acreditem, ser eu mesma era um pouco diferente. Teimava, por exemplo, em usar meu tênis *All Star* com a saia do uniforme. Explico: a escola exigia um uniforme impecável, mas liberava o calçado. As meninas usavam tênis branco Puma ou Adidas. Algumas usavam Melissa. E eu comecei a ir com meu *All Star*. Combinar, não combinava. Mas eu me sentia bem, era confortável e eu tinha um par preto, um vermelho e um azul.

Tomei essa decisão depois de assistir a um filme antigo no canal TBS chamado *Negócio arriscado*. O Tom Cruise, novinho, falava "às vezes você tem que dizer que se dane! Que se dane te dá liberdade. Se você não pode dizer, você não pode fazer".

Aquele filme me libertou. Liberdade essa que Valentina, com seus brincos *hippies*, nunca deixou de ter.

Eu estava feliz por Vanessa parar de se esconder na última cadeira da última fila e passar a sentar ao meu lado. E tinha outra coisa que também estava me deixando radiante: o lindo do Eduardo, sempre que passava por mim, dava um "oi" acompanhado de um sorriso.

Eu sabia que era apenas por educação, já que conversamos na festa só para garotos. Mas, como as outras meninas não sabiam, ficavam com cara de ponto de interrogação sempre que viam a cena. Aquilo me deixava de cabeça erguida.

As coisas estavam indo tão bem que até consegui resolver meus problemas na aula de Educação Física me candidatando à vaga de goleira, já que as outras meninas tinham medo de levar uma bolada forte se ficassem no gol. Eu achava a posição ideal para os que gostam de correr pouco e não jogam nada. E eu estava certa. Apesar de não conseguir pegar nenhuma bola que passavam para mim na partida de handebol, no gol, eu agarrava todas. Vai entender...

E foi assim que eu consegui ser uma das primeiras escolhidas na hora de formar os times. Descobri que, depois de algum tempo, passaríamos a nos dedicar ao vôlei, mas resolvi viver um dia de cada vez. Pensaria em algo quando mudasse a modalidade.

Minhas visitas à casa da Valentina se tornaram frequentes. Eu me sentia muito bem no meio daquela família. A mãe adorava poesia e o pai adorava contar piadas que, juro, eram engraçadas. Bianca conversava comigo sobre seriados enquanto Beatriz inventava penteados para meu cabelo. Me sentia em casa.

Na escola, percebia claramente que algumas meninas tentavam se aproximar de mim. Foi o caso de Clara. Num primeiro momento, ela me pareceu séria demais. Com o tempo, percebi que era apenas uma pessoa muito focada, estudiosa e responsável. Não piscava durante a aula, mas no recreio e nos intervalos, era muito divertida.

Fiquei surpresa quando ela me convidou para ir à sua casa no fim de semana, mas aceitei. Tinha que aproveitar a boa fase.

E foi lá que conheci Duda, sua irmã mais nova. Já conheceram alguém que aparece extremamente arrumada para te receber e meia hora depois já está sem sapato, sem grampo no cabelo e rindo sem parar? Assim era Duda. As duas me ensinaram a dar estrela, uma coisa que sempre quis aprender. Como os pais valorizavam muito o esporte, elas faziam ginástica olímpica todos os dias e tinham uma flexibilidade impressionante. Eu fiquei tão feliz em aprender que retribui com meu arco de tranças. Sempre amei tranças e aprendi no canal da *Marimariamakeup*, no *Youtube*, como fazer uma trança virar um arco. Elas amaram.

Na segunda-feira, levei o maior susto porque Clara apareceu na escola ainda com o penteado e disse que passou o fim de semana tomando banho de touca para não desarrumar o cabelo.

As enjoadinhas da sala a cercaram para conversar sobre o visual e eu combinei, por livre e espontânea pressão, que faria o penteado em todas, na hora do recreio.

Se tem uma coisa que já percebi, é que tudo passa. E a fase boa começou a passar. Eu não conseguia tirar o Eduardo da cabeça. Cismei com o garoto e descobri que a Valentina cismou junto comigo. Combinamos de descobrir tudo sobre ele. E, com o meu poder de observação, percebi que a coordenadora estava de regime. Na hora do recreio, ela saía da sala para pegar uma salada de frutas que guardava na geladeira da cantina. E eu, sem noção, tive a brilhante ideia de entrar na coordenação para pegar o histórico do Eduardo. Valentina, igualmente sem noção, achou meu plano sensacional.

E foi o que eu fiz numa sexta-feira ensolarada. Entrei calmamente na coordenação e mexi no computador. Foi bem fácil já que as séries estavam separadas por pastas na tela do laptop, que estava desbloqueado. Cliquei no 6° ano e lá estava ele, morador da Rua Itacuruçá, 85. Quando acabei de escrever o telefone da casa dele em um pedaço de papel, dei de cara com a coordenadora aos berros, dizendo que aquilo era uma falta imperdoável. De lá, fui direto para a sala do diretor e, indagada sobre o motivo de tamanha indisciplina, falei a verdade:

— Minhas sinceras desculpas. Queria apenas descobrir o telefone de um garoto que estuda aqui. Ele é lindo, cheiroso, ruivo, tem olhos cor de mel e o sorriso mais branco que eu já vi.

Ninguém se comoveu. E, depois de um sermão sobre o tema "suas atitudes determinam o seu caráter", levei três dias de suspensão. O detalhe interessante é que o diretor e a coordenadora estavam tão indignados com a situação e preocupados em me dar lição de moral, que esqueceram de pegar o papel que eu segurei todo o tempo, com o endereço e o telefone do Eduardo.

Ao ter que explicar em casa o que tinha acontecido, me deparei com pais sorridentes que não ficaram bravos em nenhum momento. Acharam interessante o modo como descrevi o garoto e a situação. Menos mal.

Após três dias em casa e muita matéria perdida, eu e Valentina combinamos de nunca revelar a ninguém o motivo da minha invasão. Apenas Vanessa sabia.

E foi assim que eu passei um tempo com fama de "maluca beleza sem noção" na escola. A história rendeu e virou *cool*. Cada um tinha uma versão. Não sei por que, mas acabei recebendo "passe livre" em todas as diferentes tribos que habitavam a escola.

Posso dizer que existiam uns grupos bem ecléticos espalhados pelo pátio do colégio. Havia o grupo dos *nerds*, dos metidos,

dos rebeldes que sempre puxavam briga e dos pregos, aqueles atrapalhados que sempre se davam mal.

Eu acho que tinha um pouco de todos os grupos em mim e eles também sabiam disso. Não sei se isso faz de mim uma pessoa má, mas fiz uso sim, do trânsito livre que consegui. Colava dos *nerds* nas provas de Matemática e dava sempre um "oi" para os metidos, que eram metidos porque eram lindos. Eles sempre sorriam de volta e eu podia me divertir com a cara da Débora e companhia, morrendo de inveja. Isso para mim era melhor que *sundae* de chocolate. Afinal, se os outros não vissem, não teria graça.

Quanto aos pregos, sim, eles também me ajudaram. Um dia tive a ideia de visitar o viveiro da escola e me encantei por um papagaio. Ao me aproximar para "falar com ele", fiquei presa em um arame. Na hora de tentar me soltar, rasguei a minha blusa na barriga. O estrago foi grande e eu não tinha a mínima ideia de como voltaria para a sala com o uniforme rasgado.

Minha sorte é que eu estava sendo observada pela Vitória, uma das atrapalhadas da minha sala. Ela se apressou em me contar que todos os dias trazia na mochila casaco, guarda-chuva e uma blusa reserva. Ela me emprestou a blusa e me salvou.

Outra brilhante ideia que tive foi a de ir de Melissa para a escola em vez do *All Star*. Na hora do recreio, corri até a cantina para tentar pegar uma fila pequena. Não sou uma corredora maravilhosa e meu pé estava suado. Obviamente, eu fui e a Melissa ficou no melhor estilo Cinderela. Corri uns 50 metros com um pé descalço e voltei de cabeça baixa, para pegar o raio da sapatilha que tinha ficado bem na frente do grupinho dos rebeldes que arranjavam confusão. Pensei que eles fossem sair correndo com a Melissa para me atormentar, porém, ficaram apenas olhando e me deram o silêncio como presente. Podem acreditar, isso é ter moral.

Passei a ligar para a casa do Eduardo todos os dias e, para minha alegria, a secretária eletrônica era com a voz dele. Algumas vezes, quando ele atendia, batíamos um papo e eu, disfarçando a voz, fazia mil elogios. A Valentina também ligava, mas só queria ouvir a voz na secretaria eletrônica.

Uns três meses depois, simplesmente cansei. Fiquei pensativa quando Vanessa perguntou se eu queria ficar com ele e respondi que não. Diferente de muitas garotas da escola, eu não tinha o menor interesse em beijar ninguém por mais bonito que o garoto fosse. Primeiro, porque esse tipo de coisa deve dar o maior trabalho. Segundo, porque já tinha visto muita gente chateada, falando de paixão mal resolvida. Depois, porque eu estava numa fase ótima, com Vanessa, Valentina e Clara. Íamos à piscina do clube, ao cinema e fazíamos lanchinhos umas na casa das outras. Fora a *Netflix*, meu vício. Por que eu estragaria tantos momentos leves com ficar ou namorar?

E quando Vanessa perguntou o porquê de tantas ligações para um garoto, eu não soube responder. A ficha caiu, cansei e parei de ligar. Surreal, né?

capítulo nove

FÉRIAS: NÃO ESQUECERAM DE MIM.

A festa julina do Colégio Padre Marcelino Champagnat era o acontecimento do mês. A professora de dança da Educação Infantil era a responsável por ensaiar a coreografia de abertura. Estranho, não é? Educação Infantil...

Mas Rita de Cassia, além de ser uma professora muito animada e de sorriso largo, tinha fama de misturar música caipira com *street dance* e *rap*. E quanto à roupa, podia ser qualquer uma "contanto que fosse decente", palavras da irmã.

Me inscrevi para a abertura porque sempre amei dançar e também porque me encantei com a energia daquela professora. Ela tinha os olhos verdes mais cheios de luz que eu já vi. Transbordava alegria e empolgação. O tipo de pessoa que te faz acreditar que dias melhores são possíveis. E foi sensacional!

Além de música sertaneja, *rap*, *street dance* e a tradicional música caipira, finalizamos a abertura com "Que país é esse", do Legião Urbana. Me acabei de dançar. E me acabei também na barraquinha de maçã do amor e cocada.

Após a dança, começaram a anunciar no microfone que os bilhetes do correio do amor seriam lidos. Que cafonice!

Na dúvida, para evitar qualquer constrangimento, escrevi um bilhete para mim mesma e coloquei na urna. Estava na cara que todo mundo faria isso, certo? Nem tanto.

Só quatro bilhetes estavam na caixa e o meu "você torna meus dias mais coloridos" não foi uma das minhas melhores ideias. Foi o suficiente para pegarem no meu pé o resto da semana. Mas já conseguia não levar as piadinhas tão a sério. Eu só queria ter a oportunidade de explicar aos colegas que, se você faz piada e o outro não ri, é porque não foi engraçado.

E quando eu estava começando a ficar virada na fúria, as férias chegaram.

Seriam quinze dias de descanso em frente à TV. Minhas férias nunca foram muito divertidas. Meu pai trabalhava no comércio e nunca tinha recesso. Minha mãe era professora e adorava passar quinze dias relaxando na horizontal. Então, a única coisa que eu tinha para fazer era ir à casa da minha avó e à praia, isso nos fins de semana. E, nos outros dias, *Netflix*.

No segundo dia de férias, enquanto eu assistia *Arrow*, o telefone tocou. Era Clara, animadíssima, perguntando se eu queria passar o dia lá. Aceitei na hora.

Foi maravilhoso, regado à gargalhadas e momentos leves. Uns dias depois, Valentina também ligou e me convidou para irmos ao cinema assistir ao novo filme do *Capitão América*, com direito a lanche no *Burger King*.

— Só se for agora — respondi.

Esse herói da Marvel sempre foi o meu preferido. A forma como ele comanda, como é leal aos amigos e o discurso "podemos fazer isso juntos" sempre me fez acreditar em tempos melhores.

Alguns dias depois foi a vez de Amanda ligar, dizendo que faria um lanchinho para algumas meninas e gostaria que eu fosse. Às 15 horas de uma terça-feira, me sentindo um pouco estranha, fui parar na rua Antônio Basílio, diante de uma mesa recheada de delícias.

Lá estavam Letícia e Isabela, da turma A, Débora, Marcela, Erika e Clara. Valentina e Vanessa não haviam sido convidadas. O que vocês fazem quando estão um pouco desconfortáveis e tem um lanche maravilhoso por perto? Comem chocolate, certo? Sete bombinhas de chocolate depois, eu estava bem melhor e completamente à vontade graças ao poder do cacau. Adorei conhecer Isabela, que parecia muito com a Branca de Neve. Pele clara, cabelos escuros e olhos esverdeados. Tão engraçada a sensação de estar diante de um personagem de desenho da *Disney*!

Letícia também era bastante engraçada, sempre com algo para mostrar no celular. Já a conhecia de vista porque na hora da saída, ela nunca ia embora. Conhecia e conversava com metade da escola e eu sempre pensava "que horas essa menina chega em casa?". Era extremamente sociável.

A tarde foi divertida e lotada de besteirol. Na hora de ir embora, eu nem sei como, saiu da minha boca "o próximo encontro será na minha casa". Devia estar muito desorientada já que minha mãe odiava visitas, algo que eu nunca entendi.

Então fiz o que deveria fazer. Falei com o meu pai sobre nosso encontro e ele achou a ideia ótima. Depois, ignorei solenemente a cara de *poltergeist* da minha mãe.

Encomendei um kit festa na "Golosita" e convidei Clara, Débora, Amanda, Letícia, Isabela, Marcela, Erika, Vanessa e Valentina. Avisei que o tema do lanche seria Justin Bieber e que teríamos uma sessão cinema. Na sexta-feira, estavam todas lá. Após ganharem meus arcos de tranças que já estavam famosos, lanchamos e fomos assistir ao documentário sobre Bieber. Todas gostavam da música, mas nenhuma conhecia a história dele. Isabela e Marcela até choraram em alguns momentos. Achei que me saí bem. Meu apartamento era pequeno e no prédio não tinha *play* nem piscina. Mas tivemos salão de beleza, kit festa, boas risadas e um pouco de emoção. Na hora de ir embora, Letícia se despediu e disse:

— Adorei! Você é uma figura.

Aceitei como elogio. De repente, me dei conta de que estava tendo as melhores férias da minha vida. E, quando dei por mim, elas acabaram sem que eu tivesse tempo para me dedicar aos seriados.

capítulo dez

TALVEZ, DE TANTO DAR ERRADO, DÊ CERTO.

A vida, às vezes, parece um *video game*. Quanto mais você joga, melhor você fica e avança no jogo. Então, quando você começa a achar que está abafando, percebe que a próxima fase será difícil.

Foi assim que encarei o comunicado da XXXIII OLIMPA, as olímpiadas do Colégio Padre Marcelino Champagnat. Quatro dias de jogos obrigatórios com mais de vinte modalidades sendo disputadas, inclusive, xadrez. Cerimônia solene de abertura no ginásio com direito a tocha olímpica e tudo. Que droga!

Por que ninguém pensa nos perebas, aqueles que não sabem jogar nada direito ou não gostam de esporte? Os que não jogam nada fazem o que nessa semana? Têm um desmaio, quebram a perna ou se enforcam? E onde vou me encaixar? Agarrar no gol do handebol com a escola toda olhando é muita responsabilidade.

Meu pai se empolgou quando falei dos jogos durante o jantar. Ele nunca se conformou com o fato da filha não ter dom para os esportes. Logo ele, que era um ótimo jogador de vôlei. Até onde sei, minha mãe também era uma esportista de primeira. Jogava tudo, até pingue-pongue. O assunto, durante o jantar, me tirou o sono. Apenas conseguia pensar no que acabaria primeiro, as olimpíadas ou a minha vida.

No dia seguinte, fui falar com Vanessa que já estava na escola há cinco anos e saberia me responder a grande questão: como ficam os perebas nas olimpíadas?

— As meninas vão para o futebol feminino, ela me explicou. Ninguém assiste a essa modalidade.

Graças a Deus havia salvação! Fui correndo fazer a minha inscrição como goleira do futebol feminino.

Na semana seguinte, a escola estava enfeitada e os alunos estavam empolgados. Um clima competitivo pairava no ar. Eu estava desesperada. Mas ser goleira foi a minha escolha mais acertada porque as meninas eram tão ruins, mas tão ruins, que pouquíssimas bolas conseguiam chegar até o gol. E quando chegavam, eram bem fraquinhas. Consegui agarrar quase todas.

Tenho certeza de que os jogos mais divertidos foram os nossos, com direito a gol contra e todas correndo para o lado contrário de onde a bola estava. A maior parte terminava no 0x0 e ia para os pênaltis. Consegui agarrar bolas suficientes para não ficar mal na fita e fomos medalha de prata, não me perguntem como. Para minha surpresa, alguns alunos iam assistir na arquibancada, talvez para rir. Resumindo, foi muito divertido.

O tempo passou rápido e, quando dei por mim, já estávamos em setembro. Eu não pensava mais em mudar de escola. Muito pelo contrário, queria concluir meus estudos ali. Claro que nem tudo era perfeito. Muitas vezes me aborreci, Matemática me enlouquecia e havia um pessoal muito chatinho. Mas eu já amava aquela escola absurdamente.

E acontecia uma coisa muito engraçada: eu não conhecia todo mundo que me conhecia. Notei isso algumas vezes como, por exemplo, no dia em que eu estava na fila da cantina e um garoto do 7º ano que eu conhecia apenas de vista, disse:

— Dieckmann, já que você é a próxima, pode comprar um suco de uva para mim? Aqui está o dinheiro.

Vai entender esse mistério...

capítulo onze

TUDO VAI DAR CERTO NO FINAL. SE AINDA NÃO DEU CERTO, É PORQUE AINDA NÃO CHEGOU AO FINAL.

O meio da semana ficou movimentado quando Erika começou a distribuir seu convite de aniversário. O que leva uma pessoa a comemorar 12 anos na Villa Riso, um local onde muitos fazem festa de casamento?

Resposta: ter dinheiro sobrando.

E o reboliço ficou por conta da Marcela, que lançou a pergunta "com que roupa eu vou?" entre as garotas. Eu fiquei mesmo empolgada quando Marco me contou que ouviu comentários de que teria uma cascata de chocolate em cima da mesa, perto do bolo. Não aguentei e fui perguntar para Erika se era verdade.

— Vai ter sim — ela respondeu, empolgada. — E em volta, vamos enfeitar com morangos que poderão ser mergulhados no chocolate.

— Posso dar uma sugestão? Coloca também balas de *marshmallow*. Vai ficar uma delícia! — disse, meio tímida.

Falei por falar. Mas no dia seguinte, a criatura veio me contar que a mãe amou a ideia do *marshmallow*. Disse ainda que elas fizeram um *fondue* à noite depois de irem comprar as balas no shopping Tijuca, para experimentar. Elas haviam descoberto que *marshmallow* e chocolate são uma das melhores coisas da face do universo. Exagerada...

Iniciei assim uma breve carreira de consultora, já que a doida cismou que eu entendia muito do assunto e me bombardeou com uma série de perguntas.

Perguntas da Erika	Respostas da Mariana
– Você acha que flores amarelas ficam chiques no salão?	– Não. Acho que vai ficar muito "A Bela e a Fera".
– Você acha que devo deixar o cabelo solto ou preso?	– Recebe o pessoal de cabelo solto e depois prende no meio da festa. Assim você muda de estilo.
– Você acha que gente da nossa idade gosta de salgadinho com recheio de camarão?	– Acho que não. Mas capricha no quibe que o pessoal adora. E não esquece os crepes. Fazem sempre o maior sucesso.
– E quanto ao bolo? Acha que deve ter dois andares?	– Claro que não. Você não é noiva.
– Você acha que devo fazer uma entrada triunfal pela escada?	– Em algum momento, acho que você deve descer as escadas, já que elas existem no salão. Mas ensaia para não cair.

Para a festa, comprei um pretinho básico que estava em promoção na Shop 126. E quando o grande dia chegou, meus pais me levaram a São Conrado. Valentina e Vanessa dispensaram a carona. Todos os pais fizeram questão de levar os filhos, para verem como era o local do evento. E todos pareciam ter combinado a mesma coisa: passariam as quatro horas de festa no Shopping Fashion Mall, que era perto.

Chegar sozinha é muito chato. Estava morrendo de vergonha e fui entrando devagar, agarrada no presente. Levei o maior susto quando Erika me abraçou enquanto gritava pela mãe. Dona Renata veio correndo, puxando o braço do fotógrafo que chamou o assistente. Jogaram uma luz gigante em cima de mim e tiraram uma foto. Fiquei até atordoada.

— Mãe, essa é a Mariana que me ajudou com aquelas dicas maravilhosas. Amiga, você está linda! — gritou.

Eu não consegui dizer uma palavra, já que ela saiu correndo para receber outros convidados. Estava alteradíssima.

Depois disso, recebi um abraço de dois minutos de Dona Renata que agradeceu por ajudar a filha a realizar um sonho. Sinceramente, quero ser convidada para a festa de 15 anos dessa garota. E para o casamento também.

O lugar era realmente lindo, com uma área verde gigantesca e um salão incrível. Isso é *glamour*, tenho que admitir. Entrei e fui procurar a cascata de chocolate. Foi aí que encontrei Amanda.

— Débora quer ficar com o Renato Meirelles da turma B — sussurrou.

Para tudo! Ficar? Beijar, dar a mão, passear no jardim, enquanto a festa rola?

— Pra que isso? — perguntei. — Ela vai perder a música, os doces e os salgadinhos.

— Mariana, você diz isso porque não viu a cara do Meirelles. Vem comigo que te mostro quem é — ela disse, me puxando.

Lá fui eu. Realmente ele era lindo enquanto respirava. Olhos azuis, cabelos pretos e sorriso perfeito. Mesmo assim, não trocaria uma festa dessas para ficar pendurada na boca de ninguém.

Sentei à mesa com os meninos que já tinham encontrado a cascata de chocolate e me levaram até ela. Após quatro morangos e três balas de marshmallow, o paraíso chegou para mim porque eu era, de leve, viciada em doce.

Vanessa chegou e teve a brilhante ideia de pegar um copinho para ficar enchendo de chocolate e tomar como se fosse refrigerante. Alguns copinhos depois, ela teve um piriri e sumiu no banheiro. Passou muito tempo lá e, quando voltou, contou que Débora estava inundando São Conrado de tanto chorar porque o tal do Meirelles não queria ficar com ela.

Marcela e Amanda correram para lá. Qual é? Era muita ice pra mim: chatice, babaquice, cafonice, birutice. Sofrer por garoto aos onze anos? Dá um tempo.

O DJ era maravilhoso. Colocou Bruno Mars, Ed Sheeran, Anitta, Maroon 5, Justin Timberlake...

Eu estava louca para dançar, mas estavam todos envergonhados. Erika veio dizer que estava chateada porque só o pessoal da família estava na pista. Eu realmente estava com vergonha, Vanessa estava enjoada e Valentina estava conversando com Duda, a irmã da Clara que também tinha sido convidada.

Até que tocou "Shake It Off" e eu levantei. Quando Taylor Swift cantou o refrão "Baby, eu só vou deixar, deixar, deixar pra lá" eu já estava me contorcendo. Era um convite à pista de dança. E, nessa hora vi que Mariana Tabet, minha xará da turma D, também estava em pé, vidrada na música.

Nunca havíamos conversado, mas já tinha percebido que ela era bem animada porque foi a que melhor dançou na abertura da festa julina e era uma das mais empolgadas durante a OLIMPA. Tinha um sorrisão largo e *dreads* no cabelo. Era estilosa. Enquanto estava andando até ela, começou a tocar "Sorry", do Bieber.

— Oi, Mariana. Acho que você está como eu, louca para dançar. Vamos juntas? — perguntei.

— Agora! — ela respondeu, sorrindo.

E fomos para o meio da pista cantando e segurando um microfone imaginário em total sintonia. Naquele momento, fiz uma nova velha amiga de infância que gritava "sorry" abraçada comigo.

Quando estávamos fazendo caras e bocas para interpretar "Love yourself", Gregório, Marco, Rafael, Amanda e Renato se juntaram a nós. Fizemos uma roda gigante e Erika ficou no meio. Marco resolveu puxar um abraço coletivo e a roda se fechou. Isso também é *glamour*.

Entre uma música e outra, eu e Mariana saíamos para beber água. E entre a água e a volta para a pista, conversávamos sobre roupa, cabelo e fofoquinhas da escola. Nossa conexão foi imediata. Descobrimos que morávamos bem pertinho e deixamos combinado uma ida ao Tijuca Tênis Clube. Naquela noite, ganhei uma BFF (*best friend forever*).

Éramos só empolgação. Duda e Clara chegaram na hora que Amanda resolveu puxar um trenzinho que rodou o salão. Eu dancei como nunca havia dançado.

Os meninos adoraram a ideia do microfone imaginário e fizeram coro quando tocou "Sugar", do Maroon 5. Digamos que eles se empolgaram bastante na parte que diz "açúcar, sim, por favor. Por que não vem colocá-lo em mim?".

O tal do Renato Meirelles, do nada, falou no meu ouvido:
— Você está linda!
Levei o maior susto. Como assim? Nem tínhamos sido apresentados e ele estava fungando no meu ouvido? Sorri e respondi:
— Valeu! Não deixe de comer as balas de marshmallow com chocolate.

Ele ficou com cara de ponto de interrogação e foi aí que lembrei da Débora. Olhei pelo salão e a vi sentada, sozinha, em uma mesa. Fui até ela.

— Vem dançar, Débora. Vai deixar um garoto estragar a sua noite? Começou a tocar "Tô nem aí". Se joga! Eu te ajudo. Vamos juntas!

Ela abriu um sorriso e me seguiu. Fomos parar no meio da roda que havia novamente se formado gritando "Pode ficar com seu mundinho, eu não tô nem aí" e emendamos com "Cheguei", da Ludmila.

Umas 20 músicas depois, senti que minhas pernas precisavam de um intervalo e fui sentar. Débora me seguiu.

— Dieckmann, queria te agradecer por você me animar e me levar pra dançar. Acho que esse é um bom momento para te pedir desculpa por não ter sido legal quando você entrou na escola.

— Débora, você vem me pedir desculpa agora, quase no final do ano? A minha vida foi um inferno no primeiro mês. Eu chorei muito em casa. Mas você não fez isso sozinha. Muitos te acompanharam. Mas eu te desculpo. Superei.

— Vou confessar que sempre que entra uma garota nova na escola, me dá medo que ela seja mais legal que eu e que as minhas amigas fiquem muito amigas dela. Besteira, não é?

— É uma grande besteira que magoa muita gente. Mas se você prometer que nunca mais fará isso com ninguém, para mim já valeu.

— Ok, prometo — respondeu Débora.

— Então chega de discutir a relação e vamos dançar.

Na escola, passaram uma semana comentando sobre a festa, que realmente foi incrível.

capítulo doze

QUAL É O
SEU TALENTO?

O final do ano se aproximava e cartazes falando sobre o show de talentos foram espalhados pela escola.

— Vai participar? — perguntou Valentina.

Confesso que até me assustei com a pergunta.

— Criatura, deixa eu te explicar uma coisa: até o presente momento, não descobri qual é o meu talento. Só pra te mandar a real, não sei nadar, esqueci como se anda de bicicleta, não sei jogar nada e repeti o Maternal II. Tá bom pra você?

— Como assim, você repetiu o maternal? — se assustou Valentina.

— Simples, no final do ano a professora chamou a minha mãe e disse que eu não tinha maturidade para passar. Analisaram meus desenhos, minha colagem, meu traçado, sei lá. Só sei que repeti.

— E por que sua mãe não te colocou na natação?

— Ela colocou, mas eu me afoguei na quinta aula. Perdi a prancha e fui parar no fundo da piscina. Fiquei traumatizada e nunca mais apareci.

— E quanto à bicicleta?

— Meu tio me ensinou e eu fiquei toda feliz. Um tempo depois, quando fui andar, caía o tempo todo para o lado direito. Sempre para esse lado. Desisti.

Valentina ficou um tempo pensativa, com olhar perdido. Então, abriu um sorriso e disse:

— Mesmo com tudo isso, Mariana, você é uma das melhores pessoas que eu conheço e amei nos tornarmos amigas. Minha família te adorou. Enquanto você falava, estava aqui pensando se você não gostaria de passar férias comigo em Cabo Frio? Minha família tem casa lá.

Me pareceu uma boa ideia, já que meus pais nunca viajavam. Sempre quis passar férias na praia.

— Posso perguntar para os meus pais. Mas, se eles deixarem, vou logo avisando que não uso biquíni, só maiô.

Novamente, Valentina ficou pensativa e depois me olhou com ar sério.

— Por que? É um lugar de praia.

— Quando eu coloco biquíni, me sinto como se estivesse de calcinha e sutiã na praia. Me sinto mal — expliquei.

— Mariana, você é uma garota muito esquisita. Mas acho que serão férias, no mínimo, muito divertidas.

— Também estou com esse pressentimento — respondi.

Eu só posso dizer que no final, deu tudo certo. Sofri, não nego. Mas foi um ano de transformações. Fiz novos amigos, me diverti e descobri o quanto é libertador ser você mesma, independente de qualquer coisa. Finalmente, comecei a gostar de mim.

Todos estavam agitados com a proximidade das férias. Muitos estavam com reservas para *Disney*, outros iriam para o *Club Med*.

Eu estava feliz com o convite para ir a Cabo Frio. Talvez eu até conseguisse conhecer o chileno que vendia mochilas coloridas.

Pessoal, antecipo que passei sete anos indo com a famíla da Valentina para Cabo Frio. E as confusões foram surreais. Sinceramente, ainda temos crises de riso quando lembramos daquele tempo. Talvez, um dia, eu fale sobre essas férias. Mas isso é história para outro livro.

Informações sobre nossas
publicações e últimos lançamentos

PandorgA
NACIONAL

editorapandorga.com.br
/editorapandorga
@pandorgaeditora
@editorapandorga